U0060350

原本1隻貓女儿——轉變成好孩子媽媽、

給 每一位盡力兼顧各種角色，仍然努力保有自我的媽媽。

「媽媽！媽媽！」

一個小女孩跑向媽媽的懷裡。

「我要當媽媽，就像你一樣。」

媽媽用溫柔的聲音回答：

「妳可以成為自己想要的樣子，

我的寶貝。」

「無論用何種方式都無法形容媽媽的角色，
卻值得被尊重和珍視。」

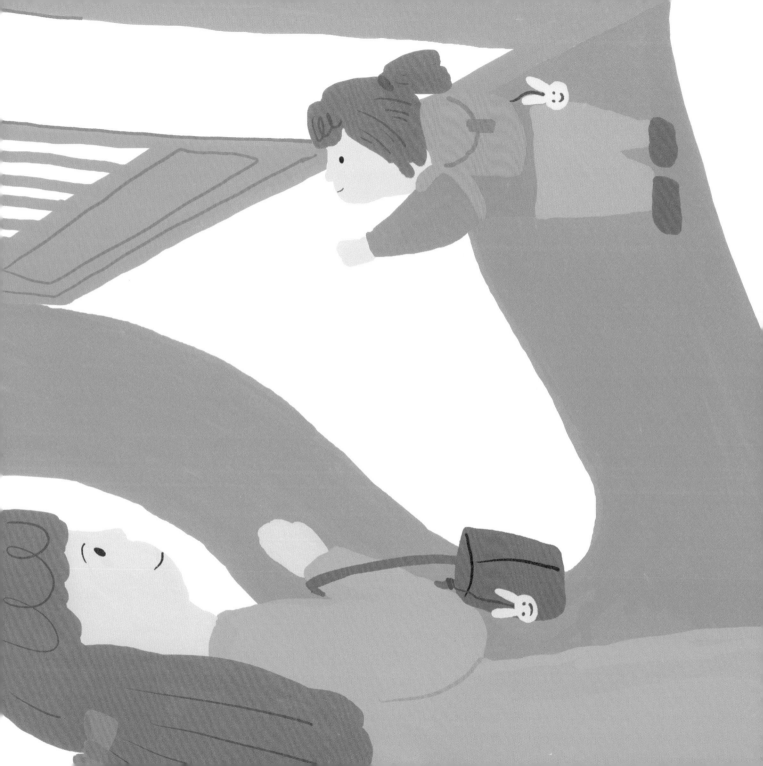

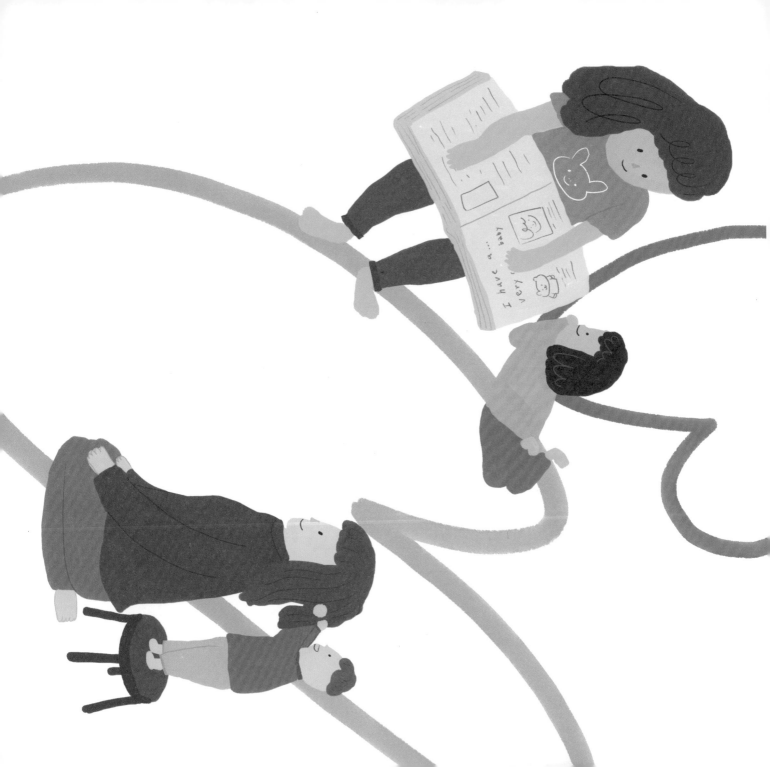

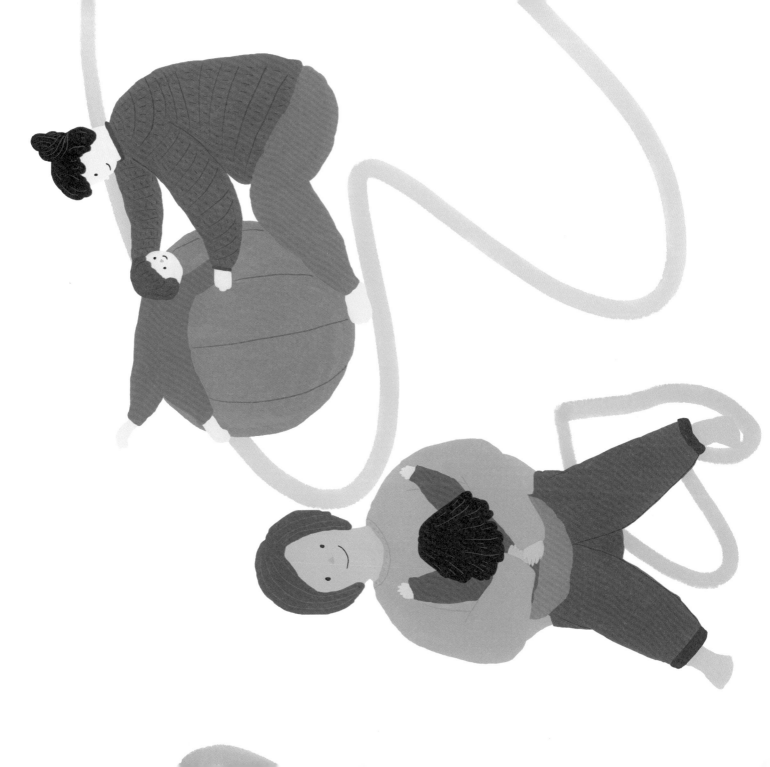

媽媽 母親 MOTHER......

Q

「每個人都有不同的身分及狀態，
但最重要的是妳自己怎麼看待自我。」

更多……

「妳還記得曾經發自內心的笑嗎？」

# 〈作者自序〉
## 就像妳一樣的媽媽

陳渝淇 為人母有限公司執行長

為人母後，生活如同織物的織錦，編織著堅韌與柔軟，快樂與憂傷交錯，繪出她們的價值和影響力。然而在這個世界上，母親的聲音往往被忽略，她們真實的想法和感受，在還未開口前，便已被社會的角色和期望所限制。

母親所承受的，不只是撫育下一代的重擔，還有那些深植於心的刻板印象和不公平的對待。在台灣，母親們常被期盼能在家庭與職場之間取得完美平衡，但實際上無論如何分配自己的時間與精力，總是在不可避免的誤解與批判中掙扎。這樣的雙重標準，不僅對母親們不公，也忽視了她們作為個體的價值和選擇的多樣性。

「就像妳一樣的媽媽」這本繪本聚焦於母親們的內心世界以及多元面貌。每位母親都有自己獨特的故事，她們的愛、她們的付出，以及在育兒旅程中的每一個微笑和淚水。透過這本繪本，希望讓每一位母親感受到被看見、被理解，無論是全職媽媽還是職業婦女，每一位都應該受到尊重。她們不僅是孩子的母親，更是她們自己，也是社會上不可或缺的一份子。

深深地期許這本繪本能讓每一位正在努力的母親相信，她就是孩子眼中最棒的母親，也是讓台灣母職的多元風貌被更多人看見和尊重。

鼓勵每一位母親，欣賞自己獨一無二的力量和美麗，並期盼社會能夠給予她們應得的尊重與包容。

這是一本獻給所有母親的禮物，一本讓母親們的聲音被聽見的繪本。

就像妳一樣，正在為自己以及孩子努力的媽媽，就是最好的媽媽:)

# 〈為人母後記〉

獻給每一位母親

我們各有不同的美麗模樣

但有相同的盼望

這世界對於母職能有更多元的認識

讓尊重與包容滋長在社會各角落

（依姓氏筆畫排序）

# 〈為人母後記〉
## 媽媽的愛是深深的海洋

吳盈慧
國立臺灣師範大學社會教育系兼任助理教授

初為母親，心如蒼茫宇宙中的一顆星
在懷中點燃了生命的火焰

從孕育開始，每一天，心跳如一首節奏感人的樂章
從懷孕到生產時刻演奏著無盡的愛與期盼
哺餵孩子時滿腔的愛，絲絲都是甜

伴隨著時針的走動，守護著他們的成長
陪伴他們玩耍，馳騁著他們的幻想

一本童話，一支彩虹
與他們一起奔跑，一起飛翔
媽媽的愛，是深深的海洋
孩子則是漫遊其中的美麗生物
直到每個孩子在愛裡長成他自己的樣子

每位女性一生都在演繹著不同的角色，而「媽媽」的這個角色是神所賜的恩典，神將這樣的職責賦予了她，並給予了無窮的愛和力量，神的恩典使她們能夠超越自己，成為一個無私的守護者，成為孩子一生中最重要的人，也因此每一位媽媽不管她是以什麼姿態扮演這個角色，都可以活出生命的精彩，都值得被珍惜與尊重！

謝謝渝淇的繪本，除了回看自己的哺育歷程，感恩母親當年身兼數職的劬勞，也看見媽媽正在真賦予了這份進行式。一本繪本，有三代人的感恩！

當這份甜蜜的負擔各種角色，仍然努力保有自我的媽媽們一個大大的擁抱！
給每一位盡力兼顧各種角色，仍然努力保有自我的媽媽們一個大大的擁抱！

# 〈為人母後記〉

## 媽媽的身影不同，愛相同

溫小平
華文兒少作家

如何用一幅畫，畫出媽媽的身影？如何用一首歌，唱出媽媽的愛？這真是很難的一件事。

因為媽媽的角色變幻多端，在不同場合就有不同扮演；媽媽的愛更是遼闊無邊，包山包海包進我們想像不到的細微末節。

翻閱著手邊的《就像妳一樣的媽媽》，許多畫面有我媽媽的影子，也有我當當媽媽的記憶，其中一張圖，媽媽在星夜抱著孩子，窗口露出微光，就讓我勾起記憶海掀起風暴。

那年，兒子兩歲多，夜裡突然發高燒，我急忙抱著他衝下四樓，在巷子裡拚命跑著，氣喘吁吁趕到兩條街外的診所，卻早就打烊了，窗戶透出微弱的光。我不停按門鈴，邊在樓下呼喚，求求醫生開門。

望著懷裡皮膚滾燙的兒子，我喊啞了嗓子，最後連燈光也熄滅了，我只好放棄，緊抱著兒子，拖著疲累的腳匆匆趕回家。用最傳統方式，毛巾裹冰塊敷他額頭，酒精擦拭他雙腳雙手，邊餵他喝水，幸好他肯喝水，連續餵了幾次水，他的燒漸漸退了。

眼淚忍不住流下來，想起生他的那晚，前置胎盤又難產，怎麼也生不出，幾乎虛脫時，醫生救了他。兒子是我拚死拚活挽回的，所以，他一點風吹草動，我都緊張得要命。職業婦女的我，回到家累成爛泥，即使夜裡要餵奶寫作賺稿費支付房屋貸款，還是抽空在孩子睡前說故事，一件件家事不停做……。

我罹患憂鬱症時，也是擔心兒女沒了媽媽照顧，就很努力活下來。兒女的麻煩事頭痛事一件不少，常讓我氣得半死，夜裡流淚，但我從未鬆開他們的手，總想著怎麼去愛他們，再多愛一點。

孩子漸漸長大，做媽媽的我，終於可以多愛自己一點了。

# 〈為人母後記〉
## 這個媽媽是妳、是我

國立臺灣師範大學社會教育系兼任助理教授　蔡怡怡

我想先邀請妳擁抱自己，肯定自己：「我很不簡單，我很棒」。請問妳的生活日常是什麼模樣呢？妳是哪一種類型的媽媽呢？

《就像妳一樣的媽媽》封面的「媽媽」沒有看到她的臉，因為這個媽媽是妳、是我，這張圖中「媽媽」角色以孩子為生活重心，但難道我們只能有這個形象嗎？有時要扮演「被尊重和被珍視」的媽媽角色之所以難，在於我們常以別人的評價認定自己，或是被刻在骨子裡的刻板觀念所左右。

女性力量的形象與角色可以是多變的，我們可以因生命不同階段而轉變，我們可以有所選擇，而在女性生命中，媽媽這個角色是最柔軟、也是最有韌性的。當孩子向媽媽說：「要成為妳媽媽時」，媽媽必定滿滿感動，覺得很欣慰，接著這故事中的媽媽跟孩子說：「我希望你成為你自己」。哇，這是媽媽給孩子的最大祝福，不把自己未竟的期望加諸在孩子身上，而是讓孩子未來活出獨特的自己。這更是對父母有智慧且貼心的提醒，因為當父母的我們常常愛的不純粹，孩子得聽話、認真學習、有良好習慣、各方面表現優秀……。我才愛。但這樣的愛真的是愛嗎？

從媽媽的形象與對孩子的期待，當我們讀《就像妳一樣的媽媽》，我想起心理學家榮格對於自我認同的論述：「一個人必須面對現在的形象嗎？在成長過程中，妳可能是爸爸的寶貝、妳妳的自我形象是什麼模樣呢？妳喜歡或最討厭哪個角色與妳身為女人的妳，理想的自我幼兒園一路走來到現在，妳最喜歡或最討厭哪個角色？那個角色與妳期待的形象的差距在哪？就坐著時光機回顧自己的成長，去鬆綁外界與自身給自己的限制性想法吧！如《就像妳一樣的媽媽》作者陳涵淇的創作初心：「期待每一位母親不管再忙再累都能找到舒服自在的空間，打開這本繪本時時提醒自己是多麼獨特且美好的存在，不論現在的自己是什麼模樣，都值得被尊重及珍視」。

# 〈為人母後記〉

## 你的母愛是世界獨一

兩性心理專家
劉如卿

本書印入眼簾的第一句話：「給每一位盡心盡力兼顧各種角色，仍然努力保有自我的媽媽」，就感動了我的心。

一位媽媽，她不僅要扮演好「媽媽」的角色，她還有妻子、媳婦、女兒、職場的同仁等人生角色，在扮演各種角色的任務中，媽媽如何仍能活出自在的自我，是一輩子都要學習的課題。

從懷孕起，忍受孕吐、接受身材的變形、用準備聯考的精神讀遍關於新手媽媽的書籍，為的是幫助自己成為一位稱職的母親。

當孩子出生後、披星戴月的、幾乎沒有一個晚上可以一覺到天亮，但是隔天職場的工作量沒有因此減少、有時還需要把工作帶回家、一邊哄孩子一邊完成工作，為的是不要讓老闆或同事質疑你的工作能力。

當孩子半夜發燒燙燙媽媽心中的著急、擔憂和無助，真是無法言喻！

為了讓孩子吃得開心長得健康、媽媽還要研究食譜、煮出美味營養的飲食。此外，媽媽搜尋各家的幼兒園資訊、排隊抽籤，為的是不要讓孩子輸在起跑點、期盼提供孩子快樂優質的學習環境。牽著孩子去上學、彎著腰陪孩子玩、……成為媽媽生活的重心。媽媽可謂是時間管理大師、也像是八爪章魚女強人。

無論用何種姿態扮演媽媽的角色、都值得尊重和珍視、因為媽媽流露出真誠的愛、是無條件的、是永不止息的。

每個人都有不同的身分狀態，你可以成為自己想要的樣子。在照顧好寶寶之前先把自己照顧好，寶寶才能感受到你的喜悅。你才能承接孩子所有的情緒，成為孩子的避風港。

你還記得發自內心的笑嗎？

最重要的是你自己怎麼看待自我，相信你的母愛是世界獨一的。

國家圖書館出版品預行編目(CIP)資料

就像你一樣的媽媽 / 陳渝淇文 ; 吳育德圖. --
初版. -- 臺北市 : 為人母有限公司, 2024.04
面 ; 公分
ISBN 978-626-98084-0-3(精裝)

863.599    113005087

就像你一樣的媽媽

文:陳渝淇 / 圖:吳育德(Tommy Woo)

出版:為人母有限公司

地址:臺北市中正區漢口街一段45號10樓

讀者專線:0976-080-109

讀者服務信箱:momday.officialtw@gmail.com

出版日期:2024年4月

ISBN:978-626-98084-0-3

定價:NT$499

初版二刷 / 精裝